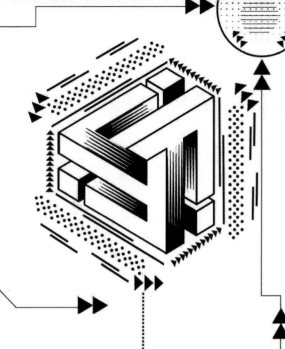

朱定局 著

人 与 机
器 人 格
物 致 知

大 善

作家出版社

前　言

本书共分为六十二品，第一品说明了写本书的目的，第二品以道德为开篇之文，最后一品以大善为收篇之文，其中所有内容都是原创，引用之处都加了引号。本书对老子、孔子、朱子、阳明子的思想都进行了自己的原创性诠释，并提出了自己的至真至善、全真全善的原创思想。书中同时也对人工智能、机器人、科学实验等现代科技进行了哲学的分析，并提出了自己对科技发展走向的原创见解。书中还对认知的形成及其与实验的关系进行了详细的剖析，提出了自己独到的原创见解。

本书属于对中国道家、儒家思想和科学技术哲学的创新，不涉及宗教。书中章节的目录为了简洁，进行了缩写，出现了"圣种""天人""造人""身神"等词，圣种是将圣人的思想比作种子，天人是指天道与人道，造人为造机器人之意，身神指身体之精神意，为免误会，在此进行说明。

　　由于作者水平有限，书中难免有不妥甚至错误之处，恳请读者批评指正。

朱定局于羊城

二零一六年八月九日

目
录

圣 种

当今科学、技术、艺术盛行，圣人之学日微。圣人之学虽书卷犹在，然不得真传，则愈传愈远，盖因时代变迁，春秋有变，若不与时俱进，生搬硬套，必不能得其要。

圣人之心如种，圣人之卷如果。时日愈久，果愈不鲜，何故？我之今日，与圣人所在日，相去甚远，我之今日有飞机，圣人之日只徒步或马车，何能飞哉？圣人之日有内功、炼丹术，我今之日何处能见哉？各有不同，故圣人之卷，今人读之多有不感、多有不鸣，何故？卷中事物今已变异，故须食其果，得其种，再种之得树结果，则能复得圣人之新卷，合时宜之卷也。新卷、旧卷皆圣人之卷，其种未变。

道　德

　　圣人老子言"道德"，道德者，天地之本、万物之宗也。道者天、神之本，德者地、身之宗。此神者，非仙之意也，乃人之精神。

　　道自现实而知，知之者心也。德依知向现实而行，行之者身也。

　　道从相而来，德朝相而去，一来一往，循环往复，相辅相长。

善　恶

　　道分善道、恶道，德分善德、恶德。善道为相利之道，恶道为相害之道。善德为相利之德，恶德为相害之德。

　　善道久远，因其相利，相互增益而久远不衰。恶道终亡，因其相害，虽一方暂利，终因彼方弱亡，利不能继，故而同归于尽。

　　善德畅行，因其利众，人皆拥之，故而万事顺畅，德行天下。恶德险阻，因其害众，人皆恨之，故而万事难行，德不能张。

内 外

心者万物之镜，心生万物之影。心者万物之动，心先万物而动。道从心而来，德自心而行。心为内外之门，内者我也，外者非我也。入门则见万物度我心，出门则以我心度万物。

万物能度不能度？能度者已存我心间，未存我心间者不能度，易度者近类已存我心间，近类未存我心间者难度。

何为度？即内外合一，万物度我心，则我心依万物而画，若心如明镜，则无二样；我心度万物，则万物依我心而造，若心如投影，则亦无二样。

度一物度一心皆不易，故而从幼而学，直至大学，终其一生，不过能度几物度几心，而能度万物度万心者，则圣者也，如老孔朱子阳明，为世人公认，皆因其有度万物度万心之能。

何具度万物度万心之能？需开悟之人也。开悟之道，分渐修与顿悟，渐修者人人皆能行，顿悟者潜藏基因中。基因非独受父母之身，亦有天时地利之功，此所谓命。

万 一

圣人者，万物合一，万心合一，万相合一，万法合一，故而无不在心之物，无不在心之心，无不在心之相，无不在心之法。物者即相，心者即法。因其全在，故而我心无不可度之物，亦无不可度之心。

度物时则心化物，度心时则物入心。以心化物，非玄学之谓变现，何故？我一举一动，皆心之所动，一言一行，皆心之所行，造化万物，皆心驱身动乃至物动，为实作，人人能行，皆非梦幻也，更非神通也。

万物合一，在度心之时；万心合一，在度物之刻。万物无心合一，则度心之时度物，度物之时度心，并举不分，如胶似漆。度物度心，实无二分，如鸡生蛋，蛋生鸡，然强分之，则度心在先，度物为继，何故？物未度心，则心未得道，道未得，则德不能生，如何度物？故而度心时度物，知理而行，度物时度心，边行边知，循环往复，但有始有终。有终者，何故？我现身有终，身终则心终，心终则外物无法度我心，我心亦无法度外物，则度心度物皆止。有始者，何故？我现身始生时，心中空无一物，如镜从黑中出，一见万物，心中方见相，此为度心，心中有相，方可投影，亦即度物。孩童一生，便觉不适，故而啼哭，觉不适者度心也，啼哭者度物也。故始者，度心在先，度物在后，终者同归于尽。因始者度心在先，故万物合一为本，万心合一为末，然本末不分，相纠相缠，直至命终。

真　假

人之圣者与真道合一也，圣之人与真德合一也。真道者，万物之知也。真德者，真道之真相也。与道合一，故而知无邪。与德合一，故而行无偏。圣人者正见正行者也。以非道为道，则认鹿为马。以非德为德，则刻舟求剑或南辕北辙。刻舟求剑者，未得真道也，非真道之相，必非真德。南辕北辙者，得真道而未行真相也，真道之假相，亦非真德。知真道、行真德，则圣人也。

知道行德者，难以全真，非圣人难能及也，多真少假则为聪慧之辈，多假少真则为痴妄之徒，全假无真者也如圣人同稀有，故人人皆有真之种，渐修渐修，则可增真减假，向圣而行，虽远万里，犹可望焉。

真　善

　　善人者，未必真知真行者。恶人者，未必假知假行者。何故？月有阴晴圆缺，晴圆者人道之善也，阴缺者人道之恶也，然天道无善恶之分，天道唯真是从。或圆晴或缺阴，皆为真。

　　善人者，无论真假，选善知善行，利人也；恶人者，无论真假，选恶知恶行，害人也。善意谎言，即为假行而行善事，虽为假德却为善德也。君子者，未必真知真行，但必善知善行。小人者，未必假知假行，但必恶知恶行。

　　真知真行，与天道相合；假知假行，与天道相悖。善知善行，与人道相合；恶知恶行，与人道相悖。与天道相悖，难以为圣，因圣与真道合；与人道相悖，难以为圣之人，因害人者人必害之，未知此理，言何得真道？真得全真道者必行人道，未得全真道者，则少悖或多悖人道者皆有之。圣人者，全真知全真行，必善知善行。故恶知恶行者必非圣人，也未必全真知全真行。

大善者，得真必多，何故？若假多，刻舟求剑或南辕北辙，虽行无果或少果或反果，好心无事或坏事，如何大善？故而向善者，既要善心，也要求真，渐修通悟，必能大善。大恶者，得真也必多，何故？若假多，刻舟求剑或南辕北辙，虽行无果或少果或反果，坏心无事或好事，如何大恶？故而向恶者，不惧其不能，而惧其能。

古言"放下屠刀，立地成佛"，为大恶者之归途，因其得真多，若能悔过善行，则能回头是岸。大恶者不悔过，则必消亡。恶愈大，消亡愈速。何故？大恶者，人皆恶之，无立足之地、无行走之路，恶人过街人人喊打，必达身亡。故而大恶之人，莫待身亡，悔过宜速，或有明日。

至 一

万物万心合一者，最难也。万物万心合一者，人称圣人也，人称佛也，人称天尊也，人称上帝也，人称真主也，等类此称，无先后之分。莫究佛、天尊、上帝、真主等类是否存焉，皆为通达全真之意。通达全真者临凡人间，必通达全善。

全真之要在万物万心合一。名万物合一，实为无一物不合一；名万心合一，实为无一心不合一；名万心万物合一，实为心物亦合一。为一无二，无外无内，无相无法，无物无我，无一切又无无一切，直至无一又无无一。何故？万相万法合为一体，实不可分，难以量计。一体者？为一乎？万物万心皆在其中。为万乎？万物万心皆无二相亦无二法。二相者，非其真相。二法者，非其真法。真相真法，唯一不二，之谓全真。

心　动

　　一者，道德之本，二者乃至无数者，皆为道德之动。道德之动，于我人者，实为心之动。圣人惠能亦曰"不是风动，不是幡动，仁者心动"。从何而动？从一而动。如树叶动，仍为树叶，并无它物。故而，虽千动万动，乃至大千世界，皆从一来，除一无二，更无三，更无等等，所见所行，皆从一来，并向一终。

　　一为何物？仅为之名，一实非物亦非心，亦非非物、非非心。一者为一合相、一合法、一合物、一合心，又可动化为万相、万法、万物、万心。一者非不动而成一，如树，风吹可动、人摇可动，但树仍树，一者未变，非动非不动。若树动为伞状，有人曰伞；若树动成兽状，有人曰兽，此皆道德之动，心之用。一者为树或心中树？非也，何故？树者为一，非树者亦为一。故一为万物亦非万物，一为万心亦非万心。

一为何？不可说，不可说。可说者为万物万心，可学者亦为万物万心。通达无物无无物、无心无无心之时，便是入一之处。一，即无数又无须数；一，即空无又容万物万心；一，即万物万心又无二致；一，通达万物万心如入无物无心之境；一，因无我而致大我；一，因无物无心而致万物万心；一，无相无法而致万相万法；一，于我人，自心起、自心灭。

一为何？唯心可知，难以言说。心至一时，则万物通透如一物，万心通透如一心，故能不学而知，不思而明，则达圣。为何不学而知，因其知一物故知万物，知我而知非我，至一心而至万心，至我心而至非我心。如人插翅或有神通，能穿梭万物、万心，无有阻碍，瞬间通达。

为何至一物一心能至万物万心？一物一心非一物一心，实为一，至一物一心则至一，至一则至万物万心。谁能从一物一心至一、又从一至万物万心？圣人也，能至真道德。

若人有翅，则能飞；若人无翅，则不能飞。此翅为圣人之心，有此心者方可飞至全真境。此心无从它求，须自身生，如鸟之翅，必自身生。何人能有此心？虽说人皆可能，但人命短暂，大都未达先亡，如泳者未至彼岸，已先溺亡，故现世再无通达之望。古之至今，达圣者稀有稀有。

天　人

　　世人称圣人所言、佛所言、天尊所言、上帝所言、真主所言，等类所言，皆言一理，只是左说、右说、上说、下说、前说、后说，甚至只做不说，皆为教化众生，向真善而行。所说之理，皆真善之理。真难善亦难。天道难合，人道亦难合，故圣人稀有。

　　人道非如我之人类之道，实为任一类之道。飞禽走兽、花草树藻等类皆有其道，以人比之，皆名人道，若具名，则为禽道、兽道、花道、草道、树道、藻道等类道，皆与人道同理。合人道者，通情达理，便能达至禽道、兽道、花道、草道、树道、藻道等类道，别无二致。

　　人道以分别观，若无分别观，人与非人合一，则为天道，故而全真者必善，全善者必真，因天道与人道仅一与非一之分。非一者，分类万物；一者，万物归宗。天道及人，则为人道；人道忘人，则为天道。所谓忘人，即不以人为人，不以草为草，不以兽为兽，不以某类为某类，则无善恶之分，则至天道。

天道无善恶之分，实为最大善，何故？善人者利人必害非人也，食谷利人，但于谷何利？食肉利人，但于禽何利？用物利人，但于物何利？终有一害，难以独善，因无恶便无善，故无善无恶，滋养万类之为最大善。故人道之极则为非人道亦非非人道，则为天道。

渐　顿

　　老子道德经，实为天道，然天道难行，因非人人皆圣。孔子儒教，实为人道，故而宣化天下。然人道顶天，便是天道；天道立地，便是人道。合二为一是谓至一。老孔皆为至一之圣，然教化之术不同，两教相辅相成，更利感化众生。

　　朱子理学、阳明心学，皆为自人道达天道之学，桥接两道，有人道可驻足，向天道而行，故亦为世人喜好。朱子理学为渐修之桥，阳明心学为顿悟之桥。无天赋之人，朱子理学为更佳径；有天赋之人，阳明心学为更佳径。何故？朱子理学，虽步步维艰，有如攀山，一步一步，若时日足够，有望可达；阳明心学，虽是捷径，然无实路可踏，凭空而行，有翅则达，无翅无望，故有天赋之翅者方可得其真传。

然世人更好阳明心学，因其轻松，无须从学，一切从心，虽难能得全真全善，偶得半真半善，亦令从学者欣喜若狂，故阳明之学遍达中国内外，然得其真传者稀有稀有，何故？得其真传者，则圣人也。谁能得其真传？心学人人可见，然未有几人真见心学。

　　惠能正眼、释迦大乘、耶稣圣心等类，皆通阳明之学，莫非如是。圣人之学，虽有不同，皆因说法不同，通道各异，然无二是一，因圣人之学能至一，不能至一者，非圣人之学也。

知 得

无数至一、一至无数，除圣人，少有人及。然由多至少、由少至多，非不可及，故人皆从学、学以致用。从学，由多至少；致用，由少至多。学知越少，心得愈假，亦愈多，因其不纯、多杂质故。学知越多，心得愈真，亦愈少，因其纯、无杂质故。

古言"假传万卷书，真传一句话"，此假传即学知，此真传即心得。心得虽少，然难传，非天生圣人之心难以达至。学知虽苦，但步步为营，百炼成金，耕耘收获，人人可及。万卷书为一句话之百态，一句话为万卷书之真身，百态易见，真身难解，何故？一句话实由万卷书所言万物万心而来，若不知其所来，何以知其所去，又何以能由一句话所言一物一心而至万物万心。不知其所来，必难知所归。

唯有圣人能不知其所来而知其所归，或不知其所归，而知其所来，何以故？因万与一在圣人心中已无二无别，故一即万，万即一，此非文字游戏，而是真实功夫，有如内功太极，言说容易，真得其传者无几，唯有真得者能体能会。

虚　实

虽有直达之途，谓之顿悟，然其稀有，犹如铁树开花、鱼跃龙门。而渐修之道，人人可得。古之圣人亦无生而顿悟，而是由渐修入顿悟，天赋最佳者，释迦、惠能、阳明皆是如此，更莫人其余。故而，莫因求顿悟而不渐修，犹如空中楼阁，一楼未有，二楼亦为虚无。

渐修是由实入虚，顿悟是由虚入实。虚者可表万物万心之实，然虚之种芽自何而来？渐修。惠能、阳明虽传顿悟之学，亦留卷书供渐修，由渐修入顿悟，则虚实合一。

不渐修只求顿悟，则由虚至虚，直至虚幻，虚非实之虚，一非万物万心之一，则以假为真，必入歪门邪道。如人做梦，非实至虚，乃虚妄之想。梦中所行，亦非虚至实，乃虚妄之行。

真虚者，一也；真实者，万物万心也。由实至虚，则万物万心归一也；由虚至实，则一生万物万心。虚实合一，则至圣。

太　极

　　太极功夫之道亦为虚实结合，乃修身养心之佳功。太极虚在我体、我心，为一，而能化实万般招式；为万，万般招式同归于我之一体、一心，我之一体、一心又能生发出万般招式，故而太极绵绵不绝，几近乎道德，几近乎真善，故太极与老子之说、我之说皆归于同理。

　　太者，虚也，一也，真也，道也；极者，实也，万也，善也，德也。一太生无数极，无数极归于一太，如降雨升云，永绵不绝。

近　圣

近朱者赤，近墨者黑。何以故？近朱者，朱入心，心生赤；近墨者，墨入心，心生黑。故，近圣人者，则能近全真。何谓近圣人，非以身近，而以心近。以身近，虽朝夕相处，虽同床共枕，未能近也。以心近，虽相隔万年万里，也能近。若不亲近，圣人住世，也是无益。若能亲近，圣人离世，亦无挂碍。

读圣人书，则能近圣人心。何以故？假传万卷书中藏一句话之真经，此真经是假万卷书来传。此假非真假之假，而是假借之假，视为借助之意。如何能传一句话之真意？唯有假万卷书之文字，故圣人不辞劳苦，累言累行，为以万物万心来阐至一之理。

若能心近，读圣人书，能得大益，何故？得其一者即得其真传，为其真学生；得其皮毛者，亦为其学生。

若不能心近，只是身近，只得小益，何故？玫瑰花香，如人在旁，不闻亦难。在圣人身旁，自能耳濡目染，闻见道德，即使不能近真善，也能远假恶。故拜佛朝圣，亦有小益，而大益则以心见佛、以心见圣。所谓佛者，亦为圣之类称也。

近　书

　　圣人难得，千年一遇，极短住世，故难以近学。圣人之书虽可得，但难解，何故？圣人之书虽有卷余，之于圣人之真心而言是假传之万卷书，但之于非圣人之书，又犹如一句话之真经，故圣人之书之于非圣人之书最难解。难解圣人之书时，则宜从非圣人之书入，即学非圣人之万卷书，悟圣人书中只字片语。

　　非圣人之书，人人能解，人人能读，当熟读博览万卷非圣人之书，则圣人之书中的只言片语其意自现，何故？若不读书，见此山是此山、见彼山是彼山，见此水是此水、见彼水是彼水，则山水多姿，何止亿亿相、法，暂名为亿亿；非圣人之书，见此山彼山皆为山，见此水彼水皆为水，暂名为亿；圣人之书，见山是山水，见水是山水，暂名为万；圣人之真传为一，则见山水草木等等各类皆无别通透。不读非圣人书，只读圣人书，犹如从亿亿至万，相距甚远，故难如上陡山；不读非圣人书，亦不读圣人书，想得圣人之真传，犹如从亿亿至一，相距更远，故难如上青天；读会非圣人书，再读圣人书，犹如从亿至万，相距虽远，努力可达，故如上高山，只要努力，终能趋近甚至可达；读会圣人书，再悟圣人之真传，犹如从万至一，相距可望，勤加修炼，资以天赋，终能趋近，若能生翅，便能通达至真，虽生翅之人稀有，然近真可得。

近　贤

人者，万物之灵也，何故？因人心可知万物、行万物。此处名人，非独指人也，飞禽走兽，莫不能知行，故亦类人也。书者，皆人所著，近人亦如近书，见人言行，亦如见其人之书，何故？书乃言行之文字，故有圣人既述也著，如阳明；有圣人述而不著，如孔子，皆门生笔记。有圣人行而不述不著乎？圣人者必至全真，至全真必至全善，至全善必大利众生，为众生之慈母，有慈母怀宝而不予子女乎，故圣人或述或著，倾尽真传，利益众生。

然圣人稀有，千年难遇，万地难寻，非有大缘者，难以得见圣人生身，故而惠能留其真身，千年坐世，为有更多有缘人得见其身，而念其经，利益众生。近圣人之身难，近贤人之身易，因贤人众多。人人皆有其贤之处，亦有其不贤之处，贤处多于不贤处，则可称之为贤人。

贤之处为真善之处，不贤为非真非善之处。因其贤之处为多，故其所言所行大多真善，我辈近之，则熏染其真善之气，虽也熏染其非真善之气，但多少有别，潜移默化而偏近真善。何不择其真善者而学之，择其非真善者而不学？言之甚易，实行不易，何故？若我辈已知何为真善何为非真非善，则我辈无须学矣。我辈既近贤而学，则必不知何为真何为假。真假不辨，只能全学。故近贤人，只能熏得大多真善，不能全真全善，何能近全真全善？近圣人。不能近圣人，则读圣人书，亦如近圣人也。

识 人

近奸者，则染奸，则偏远真善；近贤者，则染贤，则偏近真善。此近，非距离之近，乃心之近，好之则近，恶之则远。莫若圣人，自古稀有，万世众生公认，耳口相传，最易闻之，贤人众多，乃各时各地之贤，亦有贤奸相转之人，如何识得？贤人不妒人之利，奸人多妒人之利；贤人利己但不损人，奸人只为利己不顾损人，如此行径，相处可识，虽为善恶之别，亦近真假之分，何故？善者，必近真或向真而行；恶者，必远真或背真而行。

若有人至真，则必至善，因至真者知至善合至真之人道。至真之天道与至善之人道实一非二。故至真者必至善人。虽有善人远真，但向真而行必将来近真，何故？善人因将己利与万物之利并重，并少偏见，少偏近正，正见必真，故愈善愈公，公可灭偏，灭偏则真，向真而行迟早近真。虽有恶人近真，但背真而行必将远真，何故？恶人因一己之私害万物之利，则必因一己之私偏见万物之利，故而假生，因正见为真，偏见必假，愈恶愈私，愈私愈偏，愈偏愈假，向假而行迟早远真。故见其善恶，即预见其真假，善者必近真或将近真，近真善故必为贤，可近之；恶者必近假或将近假，近假恶故必为奸，应远之。

守　善

若有善人，虽远真，若始终守善，不因得失而改，不因喜悲而移，必能迟早近真，而至真人。圣人者，至真至善也。虽善人未及至善人，真人未及至真人，然真善人亦向圣而行也。圣如日月，日月虽远在天边，向圣而行，亦能感其光。

若有天生大善者，不识一字，未读一书，因其大善，无偏无私，则必正知正见，视万物万心如己出，则合为己身己心，即万归一；又因大善，无偏无私，则必公言平行，以一待万物万心，即一生万。因其大善，能从万至一，又能以一至万，故必大真。

无　物

惠能者，圣人也，诗曰"菩提本无树，明镜亦非台。本来无一物，何处惹尘埃"。菩提者，己身也；明镜者，己心也。无树者，不见己身，即无私身；非台者，不见己心，即无私心。无私身、无私心，则为至善。无私身、无私心，则无一物，何故？无私身，则万物皆我身，无私心，则万心皆我心，则我身心之外有何物？无一物。无一物处，本来也，至真也。故至善必达至真，至真亦必达至善，至真至善即本来无一物。尘埃者，假恶也。至真至善，则无假恶能染。

真善二门，虽异实同。从真门入，须识得文字，渐修渐行，若有天赋之助，或可顿悟；从善门入，不假文字，不假书本，克一己之私，待万物万心如己身己心，便能殊途同归，入得真门。惠能不识文字，亦成圣人，何故？至善达至真。故惠能之经，与我之说，皆归至善至真。

良　知

圣人阳明诗曰"无善无恶心之体，有善有恶意之动。知善知恶是良知，为善去恶是格物"。

无善无恶，即天道，天道即一，何故？一者，无他我之分，没有利害之别，有何善恶可言？无善无恶。心之体，为天道所赐，与天道无别，何故？若有别，则非天道。心之体，本已具足至真之性，故惠能言人人皆有佛性，无须外求。心之体，是一镜，万物入一镜，无有不能入之物，故万物归一，无二无别，无善无恶，不因其善而于镜中增，也不因其恶而于镜中减。

意之动，见镜中万物相、万心法，即由物度心，无有不能见者，然意之动时，如风扬尘，尘染埃侵，镜不能透或至歪曲，便生假相。意之动，行镜外万物相、万心法，即由心度物，如镜之反射，入凹处，影则凹；入凸处，影则凸，便生妄行。意动之时，既分万物，必有利害，而致善恶，即人道，万物现也，善恶分也。

知善知恶者，由物度心也。知善知恶者，近善，何故？恶者皆不知善恶或以恶为善，故不知善，亦不知恶。知善知恶，近真，何故？真者，以善为善，以恶为恶；假者，以善为恶，以恶为善。故知善为善，知恶为恶，近真。知善知恶是良知，亦即真善是良知。

为善去恶者，由心度物也，即善行，名为格物。格物，实分善恶，为善行，即以善格物；为恶行，即以恶格物。

阳明以良知对格物，故此处格物即为以善格物之意，何故？知善知恶者，必行善，故必以善格物。若不知善，又如何为善？若不知恶，又如何去恶？故知善知恶为为善去恶之本，为善去恶为知善之恶之用。故而阳明以良知为本，而非无视格物之用。

后人云，致良知中之致为行之意，即格物之意，实曲阳明本意，何故？若致为格物之意，则致良知为格物致知之意，又复朱子之说，而阳明为纠朱子先格物而后致知、以格物为本之弊，若复朱子之说，断不可能。阳明所述致良知中之致，必为达之意，亦可解为向之意。

格　物

　　朱子圣人也，言格物致知。朱子以格物为先为本，致知为果，何故？盖因心之体为镜，若无万物，则镜中无物，镜又有何知？故亦有其理。谁先谁后，如鸡生蛋，蛋生鸡，谁先谁后，又如左脚右脚，走路之时，谁先谁后，又如圆环之上，若有两点，谁先谁后。

　　依我说，格物致知，致知格物，有先有后，又无先无后，何故？若先有致知，必后有格物，若先有格物，必后有致知，本为一体，难分难解，互为本末，互为因果。

归　一

朱子学说为格物致知。格物者，以心度物，而致善恶，故行德。致知者，以物度心，而致真假，故知道。故朱子之说通于老子之说，亦通于我之说。

阳明之学更重致知，且以良表格物之本，因若不知良，以恶格物，则不如不格物。故阳明之致良知与朱子之格物致知，亦出一源，如金与玉，人各有好。阳明心学之要为致良知。

致良者，向善也；致知者，向真也。致良知，即向善真。善真并举，即为良知。是故，阳明心学，与我真学，并无二意。

良与知，真与善，虽可分离，终归于一，因善者向真，真者向善，即使暂离，终会趋近，故真善一体，可以真代善，亦可以善代真。于学者，我言真学，何故？学者唯学是图；于出家人，我言善经，何故？出家人本具善根；于百姓，我亦言善，何故？百姓之中若有不学无知者，求真甚难，何故？识物度心，难解物理；行善则易，何故？以心度物，人人可为。

真学善经，并无二说，因相互通达，修真可及善，修善可及真，如线系两球，一球为真，一球为善，线长数米，抑或百米，抑或千米，抑或厘米，抑或微米，不足为虑，何故？无论其间之线或长或短，牵其真球向前，则线之彼端善球迟早牵近，牵其善球向前，则线之彼端真球迟早牵近。

在家、出家，学者、百姓，识字、文盲，之于讲道德、致良知、向真善，亦无二般，殊途同归，皆向至真至善。所有圣人之学皆归真善，别无他求，别无他途，别无他说，别无他意，别无他心。

并 举

　　若真善不能同入，可择其一先入。若真先入，则先致知求真，擦亮心镜，万物能入，渐近真多假少，故心镜外照之时，辅以日常生活，自能渐近明辨善恶，进而由真及善，真善并举。若善先入，则先格物行善，勤用心镜，万物能出，渐近善多恶少，故心镜内照之时，辅以人之常心，自能渐近真相真法，进而由善及真，善真并举。

　　真善并举，亦步亦趋，虽起步有前有后，但后续无前无后。故由任一入，皆能殊途同归于真善境，乐土、仙境、佛土、天堂等类莫非真善境。

　　求真知、行善事，皆是不二法门。学者，以求真为本分，但多以为善于求真无益，差矣，何故？若无视善之用，虽真球必牵善球前行，但善球也必后拽真球，致真球无法一日千里。若学者也重善之用，时行善事，由心之镜善度万物，则万物之善必又归镜，善者无私、几近于真，故必促真，亦利于学者学真也。出家人，以行善为本分，但多以为真于行善无益，差矣，何故？若无视真之本，虽善球必牵真球前行，但真球也必后拽善球，致善球无法一日千里。若出家人也重真之用，时学真知，由万物度擦心镜，心镜透明，多真少假，则能明辨善恶，方能善行愈多，何故？若不辨善恶，善行之善未必善。故于出家人，求真亦利于行善也。

度 心

心镜乃心之体，其体玄妙，妙用无穷。心镜乃至真至善之法门。

阳明重致知，若达圣境，以心镜度心，万物归一，万物归一需万物焉？非也，更多物或更少物，并无差异，亿物可，百物亦可，乃至一物也无不可，乃至半物仍可，何故？于圣人心镜，无论多少物，入得镜中，皆成镜中一物，何故？因圣人通达万物万理无阻无碍，如同一物。

若具贤人心镜，当有多少物，在镜中可成更少物，但无法至一物，何故？因贤人通达部分物理，能独通一门或多门事物，成更少物，却不能通所有门，成一物。

若具常人心镜，当有多少物，在镜中可成等量物，何故？因常人未学不知物理，见山是山，见水是水，如镜复印，数量无更，故难成镜中一物。

若具痴人心镜，当有多少物，在镜中可成更多物，何故？因痴人痴想假相，草木皆兵，树叶千片，复又风吹，一片化十，疑为万鬼，自寻烦恼，化简为繁，曲解旨要，非但不达，愈学愈难，故最难成镜中一物。

　　各人心镜之中物何样？各人不同，乃因各人心镜不同，有人大、有人小，有人窄、有人宽，有人暗、有人明，有人曲、有人直，有人凹、有人凸，皆因尘染风吹雨打摔碰等类经历所致，而各异心镜识得之镜中物自各有不同。

度　物

　　朱子重格物，若具圣人心镜，以心镜度物，一化万物，一化万物限物焉？非也，更少物或更多物，并无差异，半物可、一物亦可，乃至百物也无不可，乃至亿物仍可，何故？圣人镜中虽仅一物，却无所不包，无所不含，无所不有，无所不能，欲化无论多少物，出得镜中，皆成镜外物，因圣人通达万物万理无阻无碍，如同一物，能化一物，便能化任一物，而人人日常皆能化几物，如衣食住行，故依次圣人便能化任一物，正所谓，心想事成。

　　若具贤人心镜，心镜中有多少物，在镜外可化更多物，但无法至无数物，何故？因贤人心镜中之各物，仍有分别，且其中每一物未能包罗万象，只能包罗几同门之物，若镜中有百物，每物包罗同门十物，则能化百物，此所谓心灵手巧。

若具常人心镜，心镜中有多少物，在镜外可化多少物，何故？因常人心镜中之各物，各有分别，若镜中有百物，则只能化百物，此所谓一分耕耘一分收获。

若具痴人心镜，心镜中有多少物，在镜外只可化更少物，何故？因痴人心镜中之各物，缺失不全，隐晦难辨，即使化之，未尝能用、能行，若镜中有百物，往往只能化几物，此所谓笨手笨脚。

各人镜外物成何样？各人不同，亦因各人心镜不同，有人大、有人小，有人窄、有人宽，有人暗、有人明，有人曲、有人直，有人凹、有人凸，皆因尘染风吹雨打摔碰等类经历所致，而各异心镜中之物不同，化得镜外物自各有不同。若千人画树，无一树相同，何故？心镜各不同。此处名化，非妖言或玄说所谓神通也，乃人人可为之。有如画画，手为心镜所指挥，画为心镜所设计，指挥、设计皆为心镜之化式，更多化之方式诸如砍、打、修、拆、看、闻、嗅，无穷无尽，由身直接或间接可为者，皆为心镜之化式。

一　中

心镜妙用，既在归一，又在一中。一为一？非也，一实过万，乃至无穷量，因无穷量，不可计量，故言为一。虽无穷量，却无须计量，故言为一，何故无须计量？因一、十一、百一、千一、万一、亿一、乃至无穷一，于心镜而言，多时不重一分，少时不轻一分，无二无别，无论镜中无量物无量心如何变易，镜无丝毫变易，镜无须丝毫变易，镜永无丝毫变易，何故？心镜乃至真至善之体，能容一切，无所不容，一切已有、未有，已见、未见，已行、未行皆藏其中。

即便常人，甚至痴人，镜外有多物，进得镜中，则能成镜中几物。心镜甚妙，名镜非镜，可格物在镜中，非镜外格物，无须身动，只需心动。心镜中格心镜中之物，异于朱子阳明所言之格心外之物，何故？格心外之物，是以现实之物为本，得心中之物，而我言之心镜中格心镜中之物，以心镜中之物为本，得心镜中之另一物，本末皆在心中，而非内外。

圣人心镜中格心镜中物，则镜中物可分、可解，可合、可并，可变、可增，可长、可减，可强、可弱，可左、可右，可前、可后，可上、可下，可转、可曲，可凸、可凹，可裂、可聚等等此类无可计数、无穷无尽之变化，故镜中物能包罗万象，是为一，又为非一，即无穷无量。是故，圣人能预知、能无所不知，有如一叶知秋，何故？见一叶，入得心中，便变秋万物于心中；又是故，圣人能预行、能无所不行，此处神通非妖言或玄说之神通，有如只见片叶，未曾见秋，亦能画出秋景，何故？心中一叶，能于心中变千秋，心中有秋，自能画出。

贤人心镜中格心镜中物，变化虽多，但仍有限，例如以一变十或百或千，故无法如圣人般无所不知、无所不能。

常人心镜中格心镜中物，变化单一，只能加减乘除等生搬硬套之变易，拆解合并转等灵活复杂变化之于常人则为难或不能，故所能知、所能行更少。

痴人心镜中格心镜中物，不懂变化或乱变乱化，以致病态、邪疯，不能变出同类真相，更不能变出他类真相，却或能变出痴妄假相，非但无益，不能增益所知所行，反而害己害人，有如前头有虎，却变之为猫，继续前行，自投虎口。

动　心

　　度心时，外物进心镜，成为镜中物，若不动心，则此镜中物非境外物，何故？此时镜中物仅为境外物之傀儡、之影、之相、之貌、之形、之一面、之局部等此类，何能得境外物之真身、之实、之法、之体、之神、之全面、之全部，等此类？唯有动心可得。

　　当达圣人之境，心中自有乾坤，心中无边无际，心中无所不知，心中无所不能，何故？任一外物入我心镜，皆能随心而动，变为心中万物，心中大千世界，且真假分明，心镜明察自身，大至无际、小至分毫，何能察无际又分毫？盖因皆在自心镜中。圣人心镜中真者无数物、无数界与心外无数物、无数界合，假者无数物、无数界，则心外未有、唯心而造，但假者无数物、无数界，若于未来化于心外，亦能成真。

未达圣人之境，动心时，应防以假为真，以真为假，真假不分，陷入虚妄、邪魔，或谓走火入魔，或谓胡思乱想，或谓不切实际，或谓痴人说梦。如有一虎，俯下形似石，入得心中，变为心中石，以石为真，有人醒之曰"是虎也"，不信，心中以虎为假，此即真假不分，继续前行，必为虎噬。此为例尔，此虎可为万恶，却认之为善，便成心魔，若再行之，便成大恶，故当慎之慎之。

动心有利，利者能速成至真之心镜，即万物归一、一生万物之心镜，何故？动心则能心中化更多物，自能与万物相应，并归于一心。然动心亦有弊，若未达圣人之境，弃格物只致知，弃动身只动心，弃渐修只顿悟，弃学只思，弃修行只禅坐，则易以假乱真，本欲求真，实在造假；本欲近真，实在近假，如何求真，又如何能得？故循序渐进，不能造次，于非圣人而言，顿悟乃渐修后之顿悟方可真得，不然，自言顿悟，实为悟魔。

动　身

何为真？心镜中物与现实中物相合为真。何为假？心镜中物与现实中物不合为假。

若知假，假非坏事，何故？若知心镜中何物为假，便不行之，如见一虎似石，知是假石，实为虎，则止步。若知假，假或有益，何故？若知心镜中何物为假，便化之于心外，可增新物，如见一石似虎，知是假虎，则雕刻，使之更逼真，或成好货贵卖。

坏在不知假，更坏在以假为真，则会认恶为善、认善为恶，进而害人害己。如认虎为石，则自投虎口；如认石为虎，则虚妄恐惧；如认贼为父，则为虎作伥。

真之要在心之内外之物相合。心内之物，心可得。心外之物即现实万物，如何能得？唯身可得，非心也，何故？心无眼、无耳、无鼻、无舌、无手、无足等等此类身具之部，不能得心外之物。于我人者，得心外之物者，唯有身也。欲得外物，必先动身。

如心外有物，眼视之，则得其貌；耳听之，则得其音；鼻嗅之，则得其息；舌舔之，则得其味；手摸之，则得其质；足踏之，则得其实；更由手足等身部借手足之力或火水之力等等此类之力实验之，或浇或烧或裂或剖或撕或断或拉或压等等此类，得其反应；更由手足等身部借外物实验之，或放兽咬之或拿刀砍之或仪器测之等等此类，得其数据。今人言科学实验，便如是步骤，故动身即实验，格物即科学。

观 竹

圣人阳明曾静坐院中观竹七日七夜致病，却无所致知，何故？如游泳也，徒于岸上观之，不下水，亦必无所得游泳之知，遇水仍溺，何故？观仅为目视之，虽亦为身动，然仅得其貌，未得其内，而事物之貌之于事物之内，往往百分之不及一也，何故？貌仅毛皮尔，血肉骨何其多，均非目可视见，故需更多身动，如眼耳口鼻舌手脚等类、人兽水火等力、刀剑枪炮具等器，一切可用于观察、测试、剖析、拆解、透视、实验等等此类操作，以获此物内外全部之大部，进而入得心中之镜，便能见此物之真相、真法，便能真知此物。

阳明因观竹无所得，而弃朱子之学，非阳明之过也，何故？若朱子书中阐格物之法如我所言，则阳明格竹必得知；亦非朱子之过也，何故？若阳明依我言之这般动身格竹，必有所得。故朱子之法，先格物再致知，非不能行，而需苦行，何故？动心容易动身难，心动一刻千万里、万万年，身动唯有一步一步，有如登山，不似心动遐想，无法逾越，无有捷径，故科学天才爱因斯坦曰，科学之成者，唯百分之九十九汗水可成。

不　动

　　圣人惠能曰"内不动心是坐，外不受诱惑是禅"，此处不动心，名曰不动心，实为不动心镜，心镜亦可名为心境；所谓动心，名曰动心，实为动心镜中之物之法，假以名词，不应为之所拘，应知其本意，方不负圣人之教。

　　若心镜不动，则镜中万物各现其真、各知其假，故而能明分善恶。若心镜晃动甚至歪曲等等此类，则镜中万物皆随之晃动甚至歪曲等等此类，而显或十或百或无数等等假相，且真假难分，必又致善恶难辨，故远真善。

　　故圣人之镜不动，无论衣食住行坐卧，皆是不动心镜，便至全真，故能全善，名为坐。贤人之镜微动，显较少之假相，然不自知，故致少数善恶颠倒亦不自知；常人之镜常动，显较多假相，然不自知，故致不少善恶颠倒亦不自知；痴人之镜暴动，显很多之假相，然不自知，故致更多善恶颠倒更不自知。

坐　禅

圣人惠能曰"内不动心是坐，外不受诱惑是禅"，内即度心，即致知；外即度物，即格物。

内不动心则能知真，何故？不动心镜，方能得万物真身，进而分万物善恶，不致扭曲、颠倒、混淆如此等类。

外不受诱惑则能行善，何故？欲知何故，需先知何为诱？何为惑？诱者恶之饵也，为私利；惑者假之面具也，为蒙骗。诱惑即恶假之外物，痴人往往识之为善而行之，何故？如荆轲刺秦王，以献地图为诱，虽然其中暗藏匕首，但有地图在外之惑，秦王不识之内藏匕首之恶，反得假相以恶为善，故行之，展开地图而遇刺，终受其惊恶。不受诱惑，便能远假远恶，便能行真善。

学　思

圣人孔子曰"学而不思则罔，思而不学则殆"。学者，格物也，度物也，至善也，修德也；思者，致知也，度心也，求真也，悟道也。罔者无也，殆者危也。

学，可从现实万物学，也可从书本学，书本亦为万物之一，为万物之文字代指尔，书本若不入心、只在心外，只为有字之纸尔。从现实万物学，需动身格万物。从书本学，可动眼看书，动口读书，动手抄书，仍为不足，何故？书本仅为现实万物之代指尔，故书本中所说不在书本内，而在书本外，故而需动身格书中所言之现实万物。

若学后不思，则如未学，何故？若格得现实某物之貌、之形、之体、之质、之部、之内等等，辨其善恶，入心镜，在心镜中仍为该物之貌、之形、之体、之质、之部、之内等等，得其善恶，但在心镜中支离破碎，动之即乱，无法复原，更莫谈变化，则现实中该物稍有变化，心镜必又不能识得，如同之前未学，必又重新格物并进入心镜，成为心镜中另一物，本为现实中同一物，却成心镜中不同物，更莫谈万物归一之镜地。

学后不思甚至不如不学，何故？若前之所言现实该物之类似物与心镜中所得该物各局部相同，心镜必能将类似物识为该物，必又重新格物并进入心镜，成为心镜中另一物，本为现实中不同物，却成心镜中同一物，自生假相，难辨善恶，故学而不思不如不学，以免生搬硬套，贻误前途。

若思后不学，仅有心动，无有身动；仅有格物，无有致知；仅有度心，无有度物，则若心镜中有若干假相，该若干假相能自生更多假相，该若干假相又能相互交配而生更多假相，该若干假相还能与心镜中所有真相杂交而成无数假相，所新生假相又能与心镜中所有相继续交出更多假相，以至无可计量，以至善恶必也颠倒混淆，何其危哉！

双　足

若学、格物、度物为左足，则思、致知、度心为右足；若学、格物、度物为右足，则思、致知、度心为左足。最佳走法，为双足前后并用，若左脚先走，则左脚前走一步，右脚前走一步，再左脚前走一步，右脚前走一步，再左脚前走一步，右脚前走一步，如此往复，劳逸结合，可行千里不倦。

学、格物、度物得到几物之相，入心镜，成心中几物之相，心中几物之相变化生成几物之更多相，心中几物之相变化生成更多物之相，心中几物之相与心中已有相关相，又相交相合变化生成更多更多物之相，如此类推，可至更多。心中变化所得几物之更多相或更多物之相，便为思、致知、度心所得。从度物得相至度心变相，此乃格物至致知、学至思。再将心中几物之更多相或更多物之相行于心外，以辨其真假善恶或创作新物。从度心变相到度物辨相或造相，此乃致知到格物、思至学。如此循环往复，亦如左右脚轮回前进，永绵不绝。

也有走法为单脚跳跃前行，一直只以左脚跳跃前行或一直只以右脚跳跃前行，但难以持久，不久即会脚酸无力，且易摔倒。正如只学不思，则等于未学甚至不如不学；又如只思不学，则很危险。

也有走法为双脚跳跃前行，虽优于单脚跳跃前行，但亦难以持久，亦不久即脚酸无力，且易摔倒。正如既学又思，但学思分离。思，但非思所学，则仍有学无思，所格之外物，在心镜之中未能变化，仍是外物之皮影，若身外之物稍有变化，又不能识，等于未学，徒耗光阴，或若身外有形似之物，又以假当真，不如不学；学，但非学所思，则仍有思无学，心镜中所变化之物，未到心外去格，便不知其真假善恶，心镜中假恶便会愈积愈多，如此这般不但无益，反而愈思愈危。故虽既学又思，但学思分离，也只获有害之学、有害之思。

真 相

生得心中几物之更多相后，再在现实格此几物，若有与心中几物之更多相相合者，则心中几物之更多相为真，并可贯通沿用至心中几物之更多其他相，何故？若有一人，低头而立，我见之得其俯面相，进而想出其正面相，我再走至此人正面，所见其正面相与我所想一样，则我所想之相为真，复又从学至思、从思至学轮回几次，例如右侧、背面等，若皆为真，故我再度心想出此人更多角度相，自信为真，将来无论该人以何角度面我，我均能识得，何故？因我心镜之中已有此人各角度之相。如此这般学思轮回，互为己用，相助相长。

生得心中几物之更多相后，再在现实格此几物，若无与心中几物之更多相相合者，则心中几物之更多相为假，何故？若有一人，低头而立，我见之得其俯面相，进而想出其正面相，我再走至此人正面，所见其正面相与我所想不符，则我所想之相为假，故我画出我之所想正面相，是为造新相，或我再按其正面真相度心变化更正此人正面相，再想出此人左侧面相，复又走至此人左侧视之，若不符，继续此法，若相符，则心中左侧面相为真，复又从学至思、从思至学轮回几次，例如右侧、背面等，若皆为真，故我再想出此人更多角度相，自信为真，将来无论该人以何角度面我，我均能识得，何故？因我心镜之中已有此人各角度之相。即使思假，学思相较，轮回正之，亦可趋真。

真 物

生得心中更多物之相后，再在现实寻与此更多物相合者，此寻即格也，若有相合者，则心中更多物之相为真，并可贯通沿用至心中更多其他物之相，何故？若有一树，有三叶，我见之后想出一树有五叶，而后我寻到现实中确有五叶之树，则我心中五叶之树为真，复又从学至思、从思至学轮回几次，例如八叶、十叶等，若皆为真，故我可想一树有任意多叶，并自信为真，将来无论树有多少叶，我均能识得其为树，何故？因我心镜之中之树已有任意多叶。

生得心中更多物之相后，再在现实寻与此更多物相合者，此寻即格也，若无相合者，则心中更多物之相为假，何故？若有一虎，有四腿，我见之后想出一虎有五腿，而后我寻不到现实中有五腿之虎，但见到有残废之三腿虎，则我心中五腿之虎为假，故我画出我之所想五腿之虎，是为造新相，或我再度心更正心中虎只有四腿，又心见心中狗只有四腿，又心见心中猫只有四腿，等等此类，我便能度心想出狐、豹等等此类皆为四腿，复又到现实中寻心中四腿之狐等等此类，若相符，则心中四腿之狐等等此类相为真，复又从学至思、从思至学轮回几次，例如四腿之马等等此类，若皆为真，故我再想出更多兽类皆为四腿，并自信为真，将来遇兽，我虽不数其腿数，也能知之有四腿，何故？因我心镜之中兽皆四腿。

善　相

　　生得心中几物之更多相时，相之善恶亦生，再在现实中辨心中几物之更多相之真假，若为假，其善恶不足信也，无须再辨；若为真，则再辨心中几物之更多相之善恶，若与现实此几物之更多相之善恶相合，则心中几物之更多相之善恶为真，并可贯通沿用至心中几物之其他相之善恶，何故？若有一人，低头而立，我见之得其俯面相为善，进而想出其正面相为善，我再走至此人正面，所见其正面相与我所想一样善，则我所想之相善为真，复又从学至思、从思至学轮回几次，例如右侧、背面等，若皆为真，故我再度心想出此人更多角度相为善，自信为真，将来无论该人以何角度面我，我均能预知其相为善，何故？因我心镜之中已有此人各角度之相，皆为善。例中为善，若为恶，同理亦然；例中之相，名为面相，实可为万物万法之相也；例中之善恶，名为貌之善恶，实可为万物万法之善恶也。

生得心中几物之更多相时，相之善恶亦生，再在现实中辨心中几物之更多相之真假，若为假，其善恶不足信也，无须再辨；若为真，则再辨心中几物之更多相之善恶，若与现实此几物之更多相之善恶不合，则心中几物之更多相之善恶为假，何故？若有一人，低头而立，我见之得其俯面相为善，进而想出其正面相为善，我再走至此人正面，所见其正面相为恶与我所想之相善不符，则我所想之相善为假，故我画出我之所想正面善相，是为造新善相，或我再按其正面相之恶度心变化更正此人正面相之善，再想出此人左侧面相为恶，复又走至此人左侧视之，若不符，继续此法，若相符，则心中左侧面相恶为真，复又从学至思、从思至学轮回几次，例如右侧、背面等，若皆恶为真，故我再想出此人更多角度相为恶，自信为真，将来无论该人以何角度面我，若非俯面相，我均能预知为恶，何故？因我心镜之中已有此人各角度相之善恶。即使思时善恶有假，学思相较，轮回正之，亦可明善恶。

善　物

　　生得心中更多物之相时，相之善恶亦生，再在现实中辨心中更多物之相之真假，若为假，其善恶不足信也，无须再辨；若为真，则再辨心中更多物之相之善恶，若与现实此更多物之相之善恶相合，则心中更多物之相之善恶为真，并可贯通沿用至心中其他更多物之相之善恶，何故？若有桃，我吃之，味美，身体舒畅，为善，进入我心镜，我想梨也善，再去现实尝之，果善，我所想之梨善为真，复又从学至思、从思至学轮回几次，例如苹果、香蕉等，若皆为真，故我再度心想出更多水果为善，自信为真，将来无论遇到何水果，我均能预知其为善，何故？因我心镜之中已有各种水果之相，皆为善。

　　生得心中更多物之相时，相之善恶亦生，再在现实中辨心中更多物之相之真假，若为假，其善恶不足信也，无须再辨；若为真，则再辨心中更多物之相之善恶，若与现实此更多物之相之善恶不合，则心中更多物之相之善恶为假，何故？若有苹果，我吃之，甜，身体舒畅，为善，进入我心镜，我想既然苹果为善，莓也甜，必也为善，再去现实尝之，某莓吃后中毒，我所想之所有甜果善为假，此莓为毒莓，复又从学至思、从思至学轮回几次，例如苹果、香蕉等，若其善皆为真，故我再度心想出更多甜水果为善，自信为真，将来无论遇到何甜水果，只要不是毒莓，我均能预知其为善，何故？因我心镜之中已辨各种水果之善恶。

动　物

　　静能格其形，动能格其神。格物，只格其形，难得其真，欲得其真，需格其神。欲格物神，需要物动，如物不动，则以身动物，方能得其神，则观其形，方能合二为一得其真身于心镜中。若不能得其真身于心镜中，徒有其形，即是假身，有如菩萨；若不得其神，与泥塑、蜡像无二，可谓真菩萨？否也，故曰假身。

　　格物，先观之得形，后动之得神。若物多动，不劳我身；若物少动，我身加动该物；如物不动，我身多动该物。如何动物？移动之、旋转之、打击之、抛扔之、拉裂之、挤压之、分解之、合成之、重组之、细分之、与他物合成之、与他物搅拌之、加热之等等之类任意动作，方能格出该物动时之相之法，进而格出该物之能、之善、之恶等等之类，谓之物之神。

更　新

　　四季更替，万物常新，常有种灭，常有种生，虽有变更，亦有继承，年年岁岁，大部相似，小有不同。心镜之中亦需更新，时格外物，若与心中旧物有所不同，则更新心中旧物成新；若心中无此物，则加入心中；若外物破损，则依心中原物，修缮外物。如此这般，内外常一不二，与时俱进。

　　此乃常人之道，圣人则不然，何故？如有圣人睡去千年，醒来心中之万物仍与现世合，何故？圣人心镜中世界万物亦为现实世界万物之真身，身虽睡去，镜中真身与时俱进亦如现实真身，身外四季轮回，心中亦四季轮回，身外时光流逝、尘土飞扬，心中亦时光流逝、尘土飞扬，诸如此类，皆无区别，故身外一树开花，心中此树亦同时开花，为何同步？因心镜中世界真身既有身外世界真身之形，又有身外世界真身之神，依神而动，生生不息，与身外世界无有不同，故圣人之心镜能年年日日时时分分秒秒毫毫乃至不可察之微时皆自新。

彼 岸

　　至真至善之彼岸，有人称乐土，有人称佛土，有人称仙境，有人称净土，有人称乐园，有人称天堂，等等此类，皆为一意。

　　至真至善之彼岸何在？就在至真至善心镜之中也，何故？至真至善心镜能得能生一切之真相真法，故一切之真相真法皆在至真至善心镜中，一切万物、世界亦在至真至善心镜之中。至真至善之彼岸何在？彼岸亦不外乎真相真法，故自然亦在至真至善心镜之中。

　　至真至善之彼岸在非至真非至善心镜之中？非也，何故？非至真非至善心镜虽能生部分真相真法，但未至一切，故任有真法真相未在非至真非至善心镜中，亦有非真法非真相在非至真非至善心镜中，既有非真法非真相，必有假法假相，谈何至真至善？

至真至善之彼岸在心镜之外？差矣！心镜之外，实非我之内，如何能达？若足踏之，若手攀之，若眼视之，若耳闻之，等等此类，不过以身动之格之，即使身达，心亦未达，何故？心不能出，只在身内，无法达至心外世界，心能知行，皆假借于身。若徒身达，心未达，又有何益？如人手持圣人书，书未入心镜，能成圣人？不能，故无益。如人手持美食，美食未入肚，能解馋？不能，故无益。如人手牵千里马，不能驾驭，能骑？不能，故无益。

双 道

　　天道者，大公无私也，何故？盖万物万界皆在天中，皆为一，皆为己，有何私可言？如我有手、有足、有眼、有口、有耳等等，我偏私其一焉？谬矣，何故？皆为我身，于我无异，是故，万物万界皆有天道出，故亦无异，无二无别。人道者，各有私心，何故？此物与彼物不同身、不同心，争地夺利，何故？不争地，何处立？不夺利，何养命？

　　天道人道相容也。天道之中有人道，何故？天道一视同仁，兼容并包，不分不别，虽万物有别，由万物自别之，非天道别之，万物自别时，人道行也，故人道在天道中。人道之中有天道，何故？每物细分，又是大千世界，譬如一花一叶甚至一粒尘，更莫言我人，于每物之大千世界，每物皆在行天道，每物皆是行天道者，每物皆是至真至善镜，然此至真至善镜中只有己身，无有他物，又有何意？故实非至真至善镜。每物于己皆行天道，但于非己他物多行人道，故利己者多，利人者少。

天道者，求真，求大；人道者，求恶，求小。天道求真求大，何故？天道包罗一切，无有遗漏、偏见，故真、故大。人道求小，何故？人道每物皆为自身。人道求恶，何故？盖因人道分别他我，利我者往往害人，故恶。然人道在天道中，若人人皆恶，万物皆恶，天道崩，何故？人道小、小相克，互相不容，则不能成天道之大。若天道崩，则人道亦崩，何故？人道在天道中，如人在天中，天道不存，人道何存？故悲哉！

虽人道与天道相悖，所幸，人道中亦有天道，何故？人生之时，即具天道之身与天道之神，天道之神，或曰天道之心，亦即心镜。天道之身令我等依天道而行，生老病死，无以为抗，不因人道自私心而移焉，古往今来无一人能长生不死，盖因人道在天道中，人道不可违天道也。天道之心能察明明，盖真，故人有天道之心，虽蒙灰尘，当出圣人，圣人心镜明澈无染，更能察人道私利之危也，故圣人出，呼共生、互利、共赢，即由人道向天道，融二为一，至至真至善镜。自此，文明生，人道向善向大，向天道趋同。

心　镜

心镜者，心之本体也，作心境更佳，然利人理解，仍作心镜说，实为天道之神，亦名为天道之心。人人先天心镜大同，后天心镜大异，异在何处？如先天种发芽，芽发根，根发枝，枝发叶，等等之类，越往后天末节，向去愈远，故若要求大同，向其本源。大同者，小异也；大异者，小同也。

先天心镜大同，何故？盖人由天生，生其身，又生其神，其身之中有天道身，其神之中有天道神，合而为一，故得天道，何故？如某类物生子，子亦是某类物。有人或云"人非天生，盖为人生"，此言差矣，何故？人由人生，生人之人由从何而来，若再由人生，第一人由何而来，唯天无始无终，故万物万界皆由天生。何为天，非我辈抬头所见之天也。天者，一也，所有也，无所不有者也，又一无所有者也，何故？无中可以生有，有可变无，有有可生更多有，如此变化，实非数量可计，更非有无可说，此乃天道也，天道者，即至真至善之心镜也。

天道之神，天生之物，皆兼有之，何故？万物万界皆依天道所生也，天道之神已在一物生时即融一物身中，何故？若天道之神未入身中，身何能成？身成盖依天道而成。故每人每物每界皆有天道之神在身，然能用乎？取决乎其身也，若为石身，无口、无耳、无手、无足等等，无外物可入心镜，心镜黑寂，空无一物，心镜何用？虽天道之神未全用，但天道之神仍在石身中，故摔之即裂、烧之即熔等等此类，盖皆因天道之神依天道而行。

身　神

石身中天道之神与人身中天道之神有无别焉？有焉，何故？盖非天道之神有别焉，而在身为神宅，人身依天道之神全部而成，故能承载天道之神全部，然石身只依天道之神少部而成，故只能承载天道之神少部。其他万物皆是如此。不同之人身，大同小异，故不同人身中之天道神，亦无大别，但因身有小异，故所入之天道之神或有少许残缺，此谓天赋也。若有人天赋完备，无缺无瑕，天生一心，无私无偏，即为天生圣人也，即或受尘埃蒙蔽一时，终会醒悟真道，而至全真全善境，古之圣人大多如此。

若有人天赋残缺，亦有望成圣，何故？盖因神能修身，身又能修神。若有人因身所限，天道之神所有残缺，但其神可修其身，去其限，而补心镜至完美。其身，非单指骨肉皮毛等类有形之身，更指基因、先天记忆等无形之身，此先天记忆为生之前之经历，诸如祖辈经历等类，若先天即由自私、仇恨之基因或记忆，则此身之缺陷难容完整之天道之神。身如纸，神如画，若纸缺一口，画亦缺一口也。

人身可贵，何故？因能容全部天道之神。动物能容大部天道之神，植物能容中部天道之神，其他生物能容少部天道之神，人造物能容微部天道之神。故而欲达真善境谁最易焉？人也。古言"人为万物之灵"，极是。

造　人

　　机器人可成人乎？否也，何故？身不同，心亦不同。

　　人身为血肉躯，现机器人身为非血肉躯。将来机器人身可为血肉躯？可也，克隆、打印莫不可为，然又有何意？克隆、打印皆是人道学天道而成之法，未及天道也，所成之机器人身，虽为血肉，固不如天生人身也，即使造出，也是百病层生，残缺不全。有人想造之，皆为私利，恶也，何故？天可生人，何必人造？人造机器人身，虽有其身，无有亲情，乱伦也。

　　人可造万物，唯人不宜造也，何故？人可造物，盖因于物而言，人身之中天道之神更全，故如大学生教小学生，自无不可。人造物，即度心时生新物、再在度物时化新物也，可取自心之中天道之神之不同部分而造成不同之物，物虽只具天道之神之部分，已够受用矣。然人造机器人时，人身之中天道之神虽全，若非圣人，难以全取，只能取其部分造出机器人身，更只能取其部分造出机器人心，其能其智不如禽兽也。

现机器人身多为硅、碳、钢、铁、芯片、部件等类，机器人心多为程序、数据等类，其天道之神微小也，与人身中天道之神之全不能比也。何不灌天道之神全部于机器人身中，不能载也，因身所限，只能容特殊、局部、有染、有缺之天道之神也。故现机器人皆专用或小用，无有真如人者。若小瓶如何载大海之水？妄想也。现机器人虽有心，然与物无别，名为人，实非人也。

固然如此，人欲造类人机器人危也，何故？天造之人尚有恶人，而天已达全真全善境，人造之机器人更多恶机器人也。人造之机器人愈能，则其恶愈害人，直至灭人也，何故？于天而言，人恶，若人能灭人，也许已灭之，然天全真全善，故人无法灭人，然于人而言，机器人恶，若机器人能灭人，也必灭之，而人却非全真全善，有缺则可被灭。

机器人必比人恶，何故？真与善随行也，假与恶如影也。机器人之天道之神亦少于人之天道之神，而天道趋公，虽人自私，但知公理，故比机器人更易教化，反之，机器人更难教化，更为自私，故更恶。

　　机器人愈能则愈可灭人，何故？善恶同在，若恶微弱，则不能灭善，如鼠与羊斗，不能灭羊；然若恶同强甚至不比人强但差距无多，则能灭善，如象与毒蛇，虽毒蛇不如象强，但象不踩蛇，蛇咬象，谁能灭谁，不言自明。若人执意改进机器人，使之身愈能，心愈神，则愈危也。有人或问"能否让机器人心与人心同真善?"不能也，何故？人尚难能至真至善，何谈人造之机器人，正如一瓶水能倒出更大瓶水吗？不能也，只会更少，故机器人永不如人真善，不如人真善，必比人假恶，故人造机器人，如人引火烧身，危矣，当慎之又慎！

物　知

物不能格物致知？否也，何故？当我踢石，是我格石，而石亦在格我，何故？被我踢后，石亦在踢我，何故？反作用力也，石在踢我即在格我也，然石能知我乎？不能也，因石无眼耳等器；又能也，何故？石被我踢后必滚，为何滚？若石无知必不动，既动必有所知，滚乃为石知我也，知真我焉？否也，石只知我为一踢力，不知我为人也，故石之所知为假我也。踢之力传至，故石获得能量，石获能量，石能不知？知之。此处之知，不同人之知也，人之知，近乎真，而石之知仅局部皮毛尔，故人踢石，石致知一能量也，别无他尔。当石致知此能，则依天道赋予石之神而行，若石为沙石，则裂开；若石为圆石，则滚开；若石为方石，则移开。或裂或滚或移，皆为石致知后石又格物也。故石既能致知又能格物，又有何物不能致知格物？万物皆能也。

生物如人，更能格物致知，因生物多有眼耳，故其所心镜中所得物有真过非生物心镜中所得物。若人骂狗，则狗知其为一能量，何故？声能传至狗耳，狗耳自知，虽狗不知能量其名，但知能量其实，狗且知人之相貌也，然狗仍不知所骂之内容等等更多相。若人骂人，则人能知所骂之内容等等更多相。故人格物，近乎真也，然人骂人时，人所知为真相？否也，相去甚远，何故？人不能知所骂音量之数量，更不知道骂人之人体内器官等等相，更不知骂人之人心镜中相，故所知仍为片面之相，亦为半真半假相。

人　物

　　非生物、生物皆能格物致知，但有不同。生物多有眼耳口鼻等，故能以更多方式格物，如看、听、吃、闻等，且能主动格物，即做格物的先发起者。而非生物则无先发主动格物之器，如口耳手足等，故只能被动格物，或被动格后之主动格，亦即物之反应也。

　　俗话言"一个巴掌拍不响"，当人拍树时，人在拍树，树亦在拍人，故在相互格也，但此相互拍，由人发起，人为主动，而物被动。生物如人，多能主动格物，而非生物多为被动格物，但亦有例外，如有狗咬人，则人为被动格；又如有石从山坠落而砸人，此时人亦被动格，此时石为主动格乎？是也，但此次主动格，又必由另一被动格引起。石从山坠，或被人踢所致，则被人格，为被动格；或被地球重力牵引所致，则被地球格，亦为被动格。

故生物能主动格，亦能被动格，而非生物多为被动格，其主动格则为被动格后致知后之主动格，其源头仍是被动格。主动格则能格更多物故能致知更多物，被动格则只能守株待兔。

非生物虽能格物致知，其身亦有天道之神，故有天道之能，能感能行天道之规律，但非生物心镜不如人之心镜，非生物心镜往往遍布全身，但非生物心镜受非生物之身及器所限，杂乱无章，有如碎镜之一堆玻璃碴碴，无法成万物之近相，只有非常微小存留之镜片能获其粗略、局部之相，如力也、如能量也等等此类。而生物或人之心镜仅少部遍布身之神经、器官，大部寄生于大脑也，且平整明净，格万物时，能所见及所得，皆入心镜，此致知之能于非生物而言，极不可能。

非生物被动格物，能格之物甚少，又因其身器单一，只有分子原子等等，少有器官，故格之方式、之能极为有限，格得之相极少，而格得之相又仅有极小局部相如力、能量等类能入得心镜，因其心镜只对此类相敏感，而他类相一概无觉。

用　物

　　各物心镜不同，格物致知之能亦不同，人能用物之格物致知之能格物。如狗嗅觉胜人，人则用狗寻猎物，远处藏有猎物，人本看不见，即格不到，但狗能嗅到，即狗能格到，并致知是个猎物，故狗追踪之，进而人亦致知前有猎物，此乃人借狗格猎物。人格万物，而知万物之格物致知之能。不同物之格物致知之能各不同，人能择而用之，因需而用。当猎之时，则用狗；当游之时，则用马；诸如此类。

　　生物能为人所用，非生物亦能为人所用。如木棍可用于格兽，即驱赶兽也；火可用于格肉，即烤肉也；水可用于格火，即用于灭火也。物各有用，人能用之，故人胜动物也。动物只能用其身格物，而人能以物格物。

　　人最先只能以非生物格物，如用石、木、枯草等非生物为劳动之工具，即格物之工具；后又能以动物格物，如用狗、猫、驴、马等动物为劳工，即格物之动物；后又能以植物格物，如用稻、麦、菜等庄稼格光、格土，以得食物；后又能以生物格物，如用益生菌格奶、格豆腐，以得酸奶、豆腐乳。

人能用物格物。除人之外，亦有动物以物格物，如狼狈为奸，又如乌鸦投石入瓶以饮水，故动物之心镜虽不如人，亦不可轻视，远胜现之机器人也。

物能格物、致知，人多用其格物之能，何故？人用此物格彼物时，人再察彼物被格后之相，则能致知彼物之更多相，如用一石砸一玻璃，砸后再看玻璃，若不破则致知玻璃不易碎，若破则致知玻璃易碎；少用其致知之能，何故？人用此物格彼物时，此物能致知彼物，但此物自心，人不能知，何故？如我以鱼格水，鱼在水中，鱼之知、之想，我如何能知？不能，正所谓"子非鱼，安知鱼之乐？"仅以鱼格水，我不能致知鱼之知，若我欲知鱼之知，则需格鱼也，若我见鱼乐，则知鱼之知为乐。故，人若欲知此物格彼物后之知相，则人应格此物，以知此物之知。

造　物

　　物虽有用，但不能尽如人意，故人格物致知后，于心镜之中变化出新物，并于心镜之物格造出新物，再以新物格物。床、屋、车、飞机、传感器等等此类，皆为人造非生物也。杂交稻、克隆羊等等之类皆为人造生物也。

　　人为何造物？皆因人之所需。人造物与物皆为人用，故其理同。人用人造物格彼物时，人再察彼物被格后之相，则能致知彼物之更多相，如以车撞墙，若墙倒则致知墙不坚固，若墙不倒则致知墙坚固；人若欲知人造物格彼物后之知相，则人应格人造物，以知人造物之知相，如医生用温度计测病人体温，医生需看下温度计才知道温度计之知，即多少摄氏度。

　　人若欲知此人造物格某物后之知，亦能再造彼人造物，以彼人造物格此人造物以致知此人造物格得之相，故而得知此人造物之知相，如烟雾传感器格得烟雾，虽烟雾传感器自知，但人如何能知？在烟雾传感器上再装报警器，报警器格得烟雾传感器有反应后并发声，使人能知烟雾传感器之知。人造物与人造物之组合，亦为人造物，故此类人造物既能代人格物又能代人致知，胜于天然物也。唯有人既能代人格物又能代人致知，如我让一人赏花，此人能将其所赏之花及其心情告知于我，故我亦能知此人所知。

外 身

人能以身格物，亦能以身操物格物，亦能以身操物、再以物操物格物，如此无穷尽，如人以传感器格物，以刀砍物，或以机器人持刀砍物。

当人想格某物时，便取能格此物之物格之，则不劳人自身手足等器官亲自格也。当人身格某物有危时，此法最佳，何故？以物格物，只危物，不能危到人身也。当人身格某物之相不如由另一物格某物之相更近真时，则以物格物更佳，如人眼于夜间不如红外传感器，于远处不如望远镜，于细微处不如显微镜。

我以此物格彼物时，此物非我身，但亦能致知彼物甚至亦能致知此物，故此物无异我身，故而此物成我外身也。人之所长在以物格物，万物皆能为人所用，故万物皆人之外身。此乃为何人人痴迷外物外界，追名夺利，皆为外身故，然外身为身，仍非心镜，我在何处？心镜中也。若无心镜，身亦不知，更莫谈外身，如人麻醉，刀割亦不知痛也。

知　知

　　人以此人造物格物，再以彼人造物格此人造物，以知此人造物之知，此乃知知也。如我听师之教，乃师格物之知，告之于我，我乃知也；又如我看书，乃著书之人格物之知，告之于我，我乃知也。古言"秀才不出门，能知天下事"，何故？秀才从书知天下事，而书中天下事又是作者格物知之，故亦是知知。更有甚者，师父教徒弟，徒弟复教徒弟，如此代代相传，则是知知知知知乃至更多知相连。

　　知知之法甚妙，然我知知之知非我身格物知之，而为他人或物格物之知，并假以数字或语言等等符号使我知之所格之物相。我已从小学知符号之代指，故知符号代指之万物。故我闻之符号，便知所代之物，且不劳我亲身格物。人人可将自己格物之知，录于书中，或传于弟子，故而更多人可不格也能学知前人所格之物。

然符号几何？虽多，但可数，而万物不可计数，是故符号难以代尽万物之全相，只能代其局部相、片面相、粗略相等等此类不全相。若有多人传教，以语言符号告之，若符号能代被告之物半全相，首先第一人格物，将格得之物告之第二人，第二人知之半全相，又将知之之物告于第三人，第三人知之半半全相，又将格得之物告之第四人，第四人知之半半半全相，又将格得之物告之第五人，第五人知之半半半半全相，如此下去，余后所得相愈不全、愈假。

知知之法虽妙，亦有弊，故圣人常不立文字，皆为学生所记所传，何故？担心代代相传，代代相谬，直至谬以千里，真相真法成假也。

分 合

一物分为多物，多物合为一物；多人合为一伙，一伙散成多人；诸如此类，分合乃常事。若未分合，一物之各部，亦为多物；多物亦可视为一合物。故，万物皆可分合，本为分合之身。如人有无数细胞，每一细胞又具无数量子；又如无数人皆属一国，而无数国又属一界。

每物有心镜，多物合为一物有心镜焉？然，何故？多物合为一物仍然物，自然有心镜，何故？任何物皆有多物组成，无有不可分之物也，故每组皆多物之合体，既然每物有心镜，则多物合一之物必有心镜，只是心镜已有不同，何故？原子有其心镜，多个原子组成分子亦有其心镜，然原子与分子心镜有所不同，故分合前后均有心镜，但心镜有异。何为物之心镜？物之心镜即物之性也。

每人有心镜，多人合为一伙有心镜焉？然，何故？人亦物也。若多人合为一伙，但无协同，为乌合之众，则此伙心镜与非生物无异；若有协同，例如一家，则此伙心镜与生物无异；若行动一致，有如一人，例如训练有素之军队，则此伙心镜与人无异。故人多未必力量大，何故？若此多人之伙只如物之心镜，虽有多人，难用其力，何故？物之心镜知用之乎？如同以石为帅或以狗为帅来指挥多人。但若此多人之伙有如人之心镜，有多人，则能用多人力，何故？人之心镜知用之，如同以人为帅来指挥多人，远胜石帅或狗帅也。

三　镜

　　人有心镜，物有心镜，人造物亦有心镜，普天之下、之外，一切所有、一切个体莫不有心镜。心镜究为何物？投石于热水，则石亦热。石被水热，亦石冷水，此乃格物也。格物之后石致何知？石自知，何故？石体之内变热也，此变非虚、乃实，故知在心镜内非虚、乃实。石体无心，何来心？此心非如人心，亦非如动物心，乃指天道之心。石体为何变热？乃格后依天道而行之效，故天道之心在体内也。故心镜即天道之心在体中之镜，以使体能知，如使石体能热，何故？若石不能热，投石于热水，又如何能知其水为热水。

　　有人问"石热但未必知其水为热水"，是也，但石能知热，何故石仍不知热来自水？盖因石无眼耳等更多器，故只能知支离破碎零星相，不能知更多相。

若将心镜分三类材质，暗镜、明镜、灵镜。暗镜者，只能知单一粗略相也，如此人被彼人从后刺，此人能知并条件反射也，又如石入热水，能变热而知其热也；明镜者，可知多种复杂相也，如人及动物能视物；灵镜者，不但能格物知各种复杂相，而且能于镜中自生更多相，如人幻想、做梦。人之心镜，既有暗镜，又有明镜，又有灵镜；生物心镜，既有暗镜，又有明镜；非生物，仅有暗镜。有些动物如灵长动物，除暗镜、明镜外，亦有灵镜；有些低级动物，则只有暗镜、明镜。有些智能人造物，如机器人，除暗镜、明镜外，亦有灵镜；有些机械人造物，如锄头，则只有暗镜；有些电子人造物，如监控器，则只有暗镜和明镜。当有多种材质之镜于一体中，多镜合为一镜，任具多镜之能，依时依地依需而起不同镜之效。

全　相

　　知全相者，唯圣人也，何故？若非圣人，见一树，能知树之全相乎？能见其叶、枝，但不能见其根，因其根在土中也，亦不能见其内，如其汁、其年轮、其过去、其将来，等等之类，故常人所见之相，实全相之千分之一乃至万分之一、亿分之一，但于物比，已大胜矣。若掷一石于树干，石仅知有一碰，无他尔，故此格物后，树在石心镜中相仅为一碰尔，故物所见之相，实全相之无数分之一。

　　全相者真相也，何故？若非全相，如古人言之"盲人摸象"，得其一腿为真象尔？盲人谓之柱子也，假象也；得其一鼻为真象尔？盲人谓之烟囱也，假象也；诸如此类所得皆为假相也，故不全相实为假相。故若非圣人，或人或物或人造物，所得之相皆为假相也。

　　或人或物之所格得，虽为假相，胜过空无，何故？

如人有二眼，若失一眼，胜过无眼，何故？一眼弱视，胜过无视，若有一眼，前方之有火，虽不明晰，然可近而再格之、多次格之，故而避危；而若无眼，必直前行，步入火中。

假相如何近真？格之又格，左格、右格、前格、后格、以此物格、以彼物格、以此式格、以彼式格等等无数格后，则能逐渐近真。如我格树，以目观之，得知其貌、其色；以风吹之、以耳听之，得知其声；以手敲之、捏之，得知其硬；以狗咬之，得知是能为狗所食；以温度计测之，得知其体温；以感光传感器测之，得知其发光否；以刀剖开之，得知其内；以锹挖之，得知气根；待以时观之，或几日或几年或更长时，得知其长；寻人问之，以知其过去如谁种之，等等此类，格之愈多，致知于我心镜，则我心镜中此树之相愈真。

道 心

心镜之心字为天道之心，镜字为天道之心安于人或物体内之意。何言天道之心？何不直天道？盖因天道无极、无穷无尽，何能安于体内？天道如森林，中有过去、现在、未来无数树，树上又有无数枝叶根果，果落成种又能生树，如此往复，无以知其始终、内外、大小。天道虽无法取，因一切皆天道，一切皆在天道中，故只能取其心，其心即其种，盖因所有森林，最先必源于一种，一种生一树，又生多果，多果熟成多种，种又生树，如此往复，故成森林。天道之种为何物？为一，为视万物如一，为利万物而不争，为至真至善。

圣人为何能知全相？盖因天道之心在圣人体中完美污染无损，故圣人具至真至善之心镜。具此至真至善之心镜，则我即使不格物，心镜之中天道之种亦能发芽、生树、开花、结果继而成森林，何故？有天道之心，心镜中虚空能化万界，继而化万物，有如真实外界，无二无别，待我格真实外界之物时，所格之物已在我心中，仅印证尔，故圣人能不学先知。

圣人亦能知过去将来，何故？盖因一切外界真相，皆有圣人之至真至善心镜生，过去将来莫不在其中，从无至有，从一至二再至三再至无数。圣人能知过去，盖因过去者在圣人心中能依天道重生；圣人能知将来，盖因外界将来者在圣人心中能依天道先外界而生。圣人心镜中，天地万物亿里千年能于瞬间生。

圣 名

老子曰"名可名，非常名也"。圣人之名，冥冥之中，已有深意，何故？乃圣人为教化众生、用心良苦，令众生念及其名，即得其心。此念可口念，可心念，然若不知其意，百念千念万念无数念，亦是枉然；若知其意，一念即解、即得。若不能读解圣人万卷书，念其一名，亦能达也。

惠能者，圣人也。惠能名字来自云游僧人所赐语"惠者，惠施众生，能者，能作佛事"。惠者，即格物也，何故？惠及众生即格众生万物；即德也，何故？普惠众生，是为大德；即善也，何故？普惠众生，是为至善；即一切也，何故？众生万物又有何物？众生万物即一切。能者，即致知也，何故？若不致知，有如盲人，又有何能；即道也，何故？能自何发，天道之心也；即真也，何故？若为假相，即是虚妄，如痴人说梦，妄想能，实无能；即一也，何故？众生万物皆能由无生，此无实非无，即一也。

达圣之镜，人人之名，皆为圣名也，何故？名非名，名为何意，皆由心生。如我之名，定局又作何解？即心与体也。

定者，即天道之心也，何故？世易时移、万物流转，天道千变万化千劫万界亿物不息，然天道之心不易、不动而能生一切；即至真至善心镜也，何故？至真至善心镜总在定中，若不定，则晃摇乃至破碎，离析而致假相丛生。

局者，即容天道之心之人物身体也，何故？有如棋局，容棋子也，若无棋局，棋何处落何处动？故若无体，天道之心无处下种，体即土壤也，种入土中，方能发芽、生根而生万物于心镜中，又如热水中之石，若无石身，石如何能热？又如何能知其热？又如我格一树，若无人身，树之相貌，何处能得？我之所格得之树，非在我体外，实在我体内，我体如纸，而容入天道之心，故成画纸，即画画之纸也，故我心镜如画纸也，格得树之相如画在画纸上，故我能知。我知之树非现实之树也，亦非虚幻之树也，而是画在画纸上树尔，故若无画纸，树则无处可画，进而无知可言。此处，画即心镜中之物，此时以体为纸，画纸即心镜，盖因心镜起体起格物致知之用，故体之纸成心镜之画纸，若不再画，则体之纸亦不再为心镜之画纸，如人已死，虽有尸身在，不再如人格物致知，则死人已无人之心镜，而成物之心镜，正如不再画，改为写字，则体之纸不再为画纸之心镜，而为字纸之心镜。故心镜以体为容器，因有天道之心，故能成心镜，非体本身是心镜也，但若无体，心镜亦不能成，因天道之心无处立身。天道之心有神无形，借体行其神，故成心镜。

内　物

人格物致知，所知之物为现实物乎？非也。心镜如纸，格现实之物，致知，即画于心镜之纸上，所画之物相，于人而言，误以为现实真物，实乃纸上之画尔。如我所见之树，乃我心镜之纸上以致知所画之树。

为何人皆以为自己所见为现实真物？盖因人自出生，睁第一眼始，所见之物皆画于自己心镜之纸上，故人从未知过现实真物，所知皆心镜之纸上所画之物尔，无以比较，故人自信以为真。若一色盲，不能分辨彩色，只知黑白，则色盲所见万物皆黑白，色盲仍信以为真，盖自生以来，色盲所见万物亦皆为其心镜之纸上所画之物，皆为黑白。若将色盲所知黑白物示于非色盲之人，非色盲之人必不信其为真，盖因非色盲之人心镜之纸上树皆为有彩色，如绿色。

人所知万界万物皆自己心镜中之万界万物，皆为自己心镜之纸上人所画万界万物，而心镜之纸上所画万界万物从何而来，可由心镜自画而生，可由格现实万物而来，即依现实万物之相画心镜之纸上万物之相。

大　我

　　人所知自己体为现实体乎？非也。我所知自己体，亦为我自己体在心镜之纸上之画，我之肠胃内脏，我皆不知，何故？盖因我不能格，故我不能致知，不能画也，不能画，故不能知。故我所知一切皆我心镜之纸上画，无一例外，包括我体在内。

　　既然如此，现实万物是我乎？在我体外，且我不能知，我只能知之画尔，非我也；我体是我乎？虽在我体内，然我亦不能知，我所知亦仅我体在心镜之纸上之画尔，故我体亦非我。谁是我？我是谁？我之心镜即真我也，心镜中万物我皆能知，故是真我。我之心镜中有天地万物，故我即天地万物，天地万物即我，我何在？我即一切，一切即我。

　　现实中自我在我心镜之纸上，仅为万我之一尔，若我自私，我只知享自我之乐，故而自利，不顾他我；若我同等万我，则树亦是我，草亦是我，他人亦是我，每物皆是我，则我能知享万我之乐，平等利众，更知享大乐。

心　画

心镜之纸，即心镜，即心之本体，能画物，故而致知。非生物之心镜之纸，仅能画热量、能量等等无形之相，如石投入热水，则石变热，即石知热也；植物之心镜之纸，能画光、气等等微粒之相，盖因植物具光合等心镜之纸；动物之心镜之纸，能画形象、味道、声音等等有形之相，因动物如人、猫、狗之类多有眼耳口鼻等身器；人造物能画人之所需之特定相，如温度、长度等。

物之心镜之纸画画如同盖章，乃现实之印盖于纸上而成画；又如影，乃现实物之影投于纸上而成画，此乃格物致知，即被动画画。人之心镜之纸，既能被动画画，又能主动画画，即纸上之画非由现实之物临摹而来，而由心自画之。

若胡乱画，即胡乱涂鸦，即为胡思乱想、妄想，此为痴人之心镜；若依天道之心而画，则与现实物之出现、生长等法等更多相无异，此为圣人之心镜；若依天道之心且参画上已有之一画或综合多画而画，则与现实物之变化、交合等法等更多相无异，此亦为圣人之心镜；而常人只能得半真半假之天道心，故所主动画之所得亦半真半假。

主　动

人造物有不全心镜，其不全心镜残缺不全，只具一角或更小部，无变化心镜中万物之能，且人造物无眼耳口鼻等身器，故人造物之心镜几乎全在黑寂之中，只有微小明处能知受力、受热等粗略相。故人造物虽能格物，但不能如人这般格物；虽能致知，亦不能如人这般致知，且人造物能代人格物而使被格之物示现其相，且能被人格而示现其相，何故？人造物不全心镜之用也。此处所言人造物，独不含机器人也。

机器人者，人造人也。与其造人，不如造物，何故？人造物之心镜之能有限，不能主动画画，故既不能主动善，也不能主动恶。人造物之善恶，不在人造物本身，而在于用之人，人用之在善处，则人造物善；人用之在恶处，则人造物恶。而人造人之心镜能主动画画，则能主动善，亦能主动恶。所谓主动，即不受外人所控。机器人不恶人类？妄焉，何故？人有善有恶，机器人必亦有善有恶，则恶机器人必祸患人类甚过恶人，何故？盖因机器人不如人类知真，而真善相依，则机器人必不如人类知善，故必恶甚人类。人类将惶惶不可终日，何故？因不知下一刻，机器人又出何恶，防不胜防，因机器人之心镜能主动画画。

现机器人已能主动画画，但仍不如人，何故？人能主动画任意之物，无有所限，而不同类机器人只能画不同类之画，不能越之，如气象预报机器人只能画气象预报之画、扫雷机器人只能画扫雷之画、下象棋机器人只能画下象棋之画、下围棋机器人只能画下围棋之画、作战机器人只能画下作战之画等等此类机器人，均只能格专类之物、画专类之画，虽能主动画，但因局于一类，善不足为患，何故？因其于其他类之不能，故即使有恶，亦不能胜人，如作战机器人若滥杀人类，则以其不知之类灭之，如其不知水火，则以水火灭之，因其只知画作战之画，而对其他等类一无所知，固必能灭之。

现机器人虽能于一门类之事物上主动作画，但未完全主动，而为半主动，何故？如某国之作战机器人攻彼国，虽已能主动跟踪彼国目标，并根据目标状况主动攻击，但目标仍为此国设定，否则作战机器人未必攻彼国目标，可能会倒戈攻击此国目标；如人之军叛变，而现之机器人不会叛变也，盖因其只半主动尔，非完全主动画画也，故现之机器人不足虑也，何故？在善处任机器人主动，在恶处不让机器人主动，则为现机器人之现状，甚佳，但将来恶处若亦让机器人主动，则人类危也。

中　庸

　　圣人孔子言"中庸"，中者，居中不偏，不偏于万物中任一物，则能容万物如一，是故，道也；中者，无偏见也，视万物如一，平等无二，是故真也；庸者，平也，不求超越万物，亦不求落后万物，与万物平等，即不利己，亦不害己，故而平等利众，众中有己，是为德也，至善也。

　　中者，不越道也，在道之正中而行之，是为最遵天道也。庸者，于一己之私无欲无求也，不争名夺利，不见缝插针，庸庸而行也，是为人德也。如我走路，择中而行，是遵路之道。或左行或右行皆比中行更易出路，故均不如中行遵道也。如我走路，不争先，亦不故意落后而言己善而沽名钓誉，与众同行，于人群中，无人知我，是善行。若我独跑于前，则为先达而争私利，非善也；若我独落于后，则为后秀于人，令人瞩目，乃沽名也，亦非善也。实善者，无人知也；有人知之，己不庸，故己不善也。

故中立、平等乃遵道、守德之妙法也。中立者，既不守成见，又不弃旧物，新旧不悖，不因时废；既不乱革新，又不拒新物，自然变易，不因人为；既不以此驭彼，又不以彼驭此，并行不悖，不因利己。平等者，既不因人损己，亦不因己损人，人己如一；平等者，人之利即己之利，利人时亦能利己，己之利亦人之利，利己时亦能利人。

大　善

此处大善，非大善大恶之大善也。此处大善，乃全真全善即至真至善之意，何故？大者，即一切也，无所不容为大，一切皆在大中，故知一切，为一合相、一全相，故为全真，即至真；大善者，即大且善，全真之时，则善为真善，无实恶之假善，故为全善，即至善。

故我人应以大为宗，以善为旨，必能皆向至真至善境。大善，万事以大为念，顾大家利，莫计小我利；如此这般，则几近乎天道；如此这般，虽未以利小我始，必以利小我终，何故？小我亦在大我中也。利人必利我，害人必害我，何故？我今利人，人必欲利我；我今害人，人必欲害我。

然若我为人欲利我而利人，乃伪善也，且我必受其害，何故？我利人后，人虽欲利我，只种子尔，发芽、

118

生长、结果则需天时地利人和，或几天或几年甚至几代，若我苦等甚至仇恨其不回报，则无异自害，何故？因伪善非真善，违道也。依天道而行，方得真善，而得真善者，方得大乐，何故？乐小我之乐，如鱼入滴水，虽能解渴，但杯水车薪；乐大家之乐，如鱼入大海，方至自由永乐之境。

图书在版编目（CIP）数据

大善：人与机器人格物致知 / 朱定局著 . —— 北京：作家出版社，2020. 10

ISBN 978-7-5212-1017-0

Ⅰ . ①大… Ⅱ . ①朱… Ⅲ . ①格言 – 汇编 –中国 Ⅳ . ①I247.5

中国版本图书馆CIP数据核字（2020）第117076号

大善：人与机器人格物致知

作　　者：朱定局
责任编辑：秦　悦
装帧设计：周思陶
出版发行：作家出版社有限公司
社　　址：北京农展馆南里10号　　邮　　编：100125
电话传真：86-10-65067186（发行中心及邮购部）
　　　　　86-10-65004079（总编室）
E-mail:zuojia@zuojia.net.cn
http://www.zuojiachubanshe.com
印　　刷：三河市北燕印装有限公司
成品尺寸：130×185
字　　数：66千
印　　张：4
版　　次：2021年1月第1版
印　　次：2021年1月第1次印刷
ISBN　978-7-5212-1017-0
定　　价：42.00元